喜歡你在我心裡跳舞

You changed my world

給　親　愛　的　你

我常常問自己，

為什麼和你在一起？

我想不通

為什麼一會兒喜歡你，

一會兒討厭你。

有時候你像強壯的大熊。

我喜歡你用大大的手

握著我小小的手，一起在雪地裡散步。

但是我討厭你
老是握得太用力，
把我弄得好疼。

有時候你像高大的長頸鹿。

只要站在你長長的脖子上，

就可以看得好遠好遠。

可是有好幾次，
我在你的腳邊喊你的名字，
你看不見我的身影，
也聽不到我的呼喊，
我才知道，
我和你的距離有多遠。

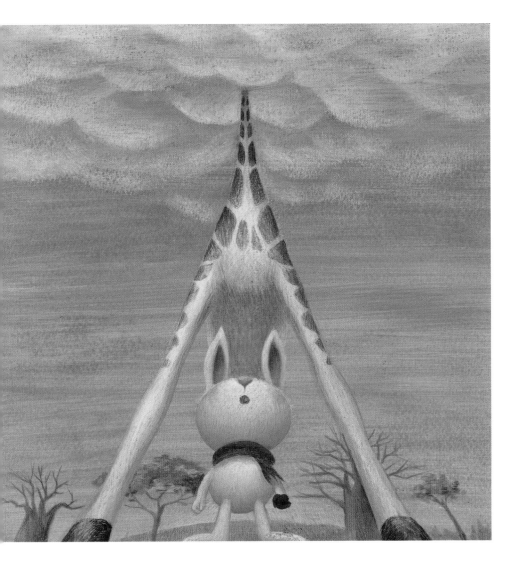

有時候你是溫柔的袋鼠。
當我累了、疲了，
我喜歡窩在你的大口袋裡，
舒舒服服的睡一覺。

但是我討厭你
稍有風吹草動，
就把我關在大口袋裡，不讓我奔跑，
還口口聲聲說，我是為你好。

有時候你變成狡黠的狐狸。

當我看到你賊賊的微笑，壞壞的眼神，

我的心就不由自主的狂跳。

但是我害怕，

不知道哪一天，

會變成你嘲弄的對象。

有時候你像貓頭鷹。
在漆黑的夜裡，
你默默看顧著我，
讓我忘記所有的
害怕和寂寞。

但是我討厭你

時時刻刻盯著我，

不論我躲在哪兒，

都逃不出你關愛的目光。

有時候你像啄木鳥。

我喜歡看著你

用尖尖的嘴，

叮叮咚咚的不停啄食害蟲。

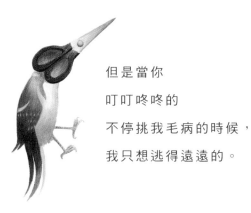

但是當你

叮叮咚咚的

不停挑我毛病的時候，

我只想逃得遠遠的。

有時候你像獅子，

宏亮的吼聲、強大的力量、王者的風範

深深吸引我，

讓我甘願臣服在你的腳下，

跟隨著你的步伐。

但是當你責罵我的時候，

這一切都變成可怕的夢魘。

有時候你像花豹，

跑得像風一樣快。

我喜歡你載著我

在草原狂奔，和夕陽賽跑。

但是我討厭你

不聲不響丟下我，

讓我追得好辛苦。

有時候你像巨大的鯨魚。

我喜歡趴在你的身上，

遨遊從未看過的世界。

但同樣的，

你巨大的身軀，

卻突顯出我的渺小。

有時候你像水母，

那麼美麗，那麼晶瑩，

讓我忍不住投向你的懷抱。

我卻忘了──

美麗的背後可能藏著危險。

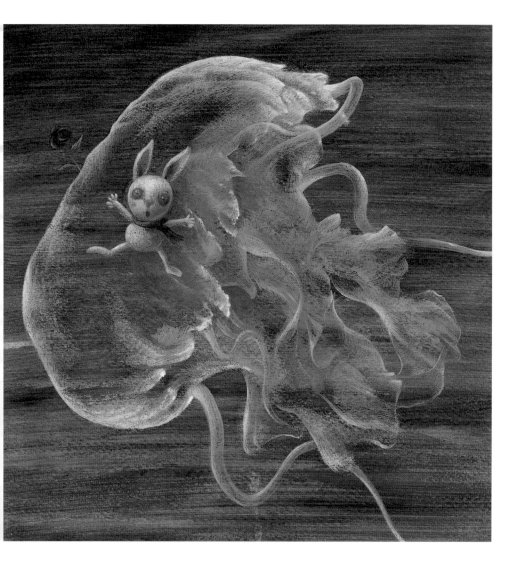

有時候你像貓。

我喜歡你的聰敏、驕傲、神祕,

和不願馴服的桀驁。

但是我最討厭的，

也是你的聰敏、驕傲、神祕，

和不願馴服的桀驁。

因為只要你想離開，

不論我多低聲下氣，小心翼翼，

你依然頭也不回的走掉。

有時候你像刺蝟，

渾身長滿又尖又利的刺。

只要有你在，

沒有人敢欺負我。

但是那些又尖又利的刺，

也讓我很難靠近你。

原來

喜歡你和討厭你

都是為了同一個理由。

我每天忙著和自己拔河，

不敢靠你太近，

不願離你太遠……

為什麼我會陷於這樣的泥沼？

為什麼我寧願往下沉，

卻遲遲不肯走開？

自從你闖入我的心裡，
就不停的在我心裡跳舞。

你讓我的心

最柔軟的地方變成最堅強的地方;

最堅強的地方變成最柔軟的地方。

謝謝你，與我相遇。

繪者 作者簡介

繪者／唐唐

本名唐壽南，2003 年起以唐唐為筆名，出版暢銷繪本《短耳兔》之後，陸續出版《短耳兔考 0 分》、《短耳兔與小象莎莎》、《小狗嘆嘆搬新家》系列等十餘本繪本，已譯成簡體中文和日、韓、泰、俄、印尼、土耳其等多國語文版本。插畫作品有《少年讀西遊記》、《明星節度使》、《晴空小侍郎》……等。
近年開始從事當代藝術創作並定期舉辦個展，作品廣受私人及美術館收藏。

作者／茱麗葉

本名劉思源，一個在河邊長大的女孩，嗜食繪本，努力創作。著作包含繪本、故事、傳記等數十本，多次獲頒各種獎項，並躍上國際書市，與美國、法國、日本、韓國、巴西等地的大小讀者見面。
首次用大人之姿，和真心一起跳舞，寫下愛的種種面貌，陪伴每一個曾經、現在、未來的愛人。
愛，是一種「關係」，無法簡單的用「對」或「錯」一切兩段，透過 12 種動物的比喻，探討人與人之間的牽絆，不論是愛人、朋友、同儕、或親子之間，不論甜蜜、酸澀、或衝突……點點滴滴的形塑了一個更強大也更溫柔的自己。

綠蠹魚 YLM30
喜歡你在我心裡跳舞　You changed my world
繪／唐唐　文／茱麗葉

總編輯／黃靜宜　主編／張詩薇　美術設計／唐唐　行銷企劃／叢昌瑜、李婉婷
發行人／王榮文
出版發行／遠流出版事業股份有限公司　台北市 100 南昌路二段 81 號 6 樓
郵政劃撥：0189456-1　電話：（02）2392-6899　傳真：（02）2392-6658
著作權顧問／蕭雄淋律師
輸出印刷／中原造像股份有限公司
□ 2019 年 4 月 1 日　初版一刷
缺頁或破損的書，請寄回更換　有著作權・侵害必究　Printed in Taiwan
ISBN 978-957-32-8490-1　　定價 320 元
遠流博識網 http://www.ylib.com　E-mail: ylib@ylib.com

國家圖書館出版品預行編目 (CIP) 資料

喜歡你在我心裡跳舞 / 茱麗葉文 ; 唐唐繪 . – 初版 . -- 臺北市 :
遠流 ,2019.04
　　面 ; 　公分 . -- (綠蠹魚 ; YLM30)
ISBN 978-957-32-8490-1(精裝)

855　　　　　　　　　　　　　　　　108003265